El museo
de Carlota

James Mayhew

Título original: *Katie's picture show.*
Publicado por acuerdo con Orchard Books, Londres.
© del texto y las ilustraciones, James Mayhew, 1996.
© de la traducción, Encarna Sevilla, 1996.
© de esta edición, RBA Libros, 2006.
Pérez Galdós, 36. 08012 Barcelona.
Teléfono: 93 217 00 88 / Fax 93 217 11 74.
www.rbalibros.com / rba-libros@rba.es
Diagramación: Editor Service, S.L.

Primera edición, 1996.
Primera reimpresión, 1998.
Segunda reimpresión, 2000.
Tercera reimpresión, 2002.
Cuarta reimpresión, 2003.
Quinta reimpresión, octubre 2006.

Reproducido por cortesía de The National Gallery, Londres:
El carro de heno (John Constable), p. 7
Madame Moitessier sentada (Jean-Auguste-Dominique Ingres), p. 11
Los paraguas (Pierre-Auguste Renoir), p. 17
Tormenta tropical con un tigre (Henri Rousseau), p. 22
Reproducido con el permiso de la Tate Gallery, Londres:
Suprematismo Dinámico (Kasimir Malevich), p. 27

Ref: SNAE022
ISBN: 84-8806-157-9

Carlota y su abuela fueron a Londres a pasar el día.

Empezó a llover y la abuela le dijo:

—Entremos en este museo a ver las pinturas.

Carlota empujó a su abuela para que pasase a través de una puerta giratoria (por supuesto por la que ponía "No pasar"), dando vueltas con ella al menos siete veces.

NO PASAR

Carlota nunca había estado en un museo.

—Es muy grande, ¿verdad? —dijo.

—Voy a tener que sentarme un ratito, esa puerta me ha mareado —dijo la abuela sofocada—. Mira los cuadros tú sola, Carlota, y vuelve en media hora.

Las primeras salas donde entró Carlota estaban llenas de gente. A Carlota no le gustaban las multitudes, así que se fue en busca de una vacía.

Había muchas pinturas en la sala. Carlota no sabía dónde mirar primero. Se detuvo frente un cuadro con un carro tirado por un caballo.

El carro de heno por John Constable, leyó.
POR FAVOR NO TOCAR.

—¿Por qué no? —se preguntó Carlota, tocando la
pintura con un dedo más bien sucio. Para su sorpresa,
su dedo atravesó el marco y pasó dentro del cuadro.

—Esto no es una pintura —gritó Carlota—. ¡Es real!

Entonces, mirando con mucho cuidado a su
alrededor para que no la viera nadie, ¡saltó derechita
dentro del cuadro!

—¡Esto sí que es pasárselo bien! —dijo Carlota.
Se fue corriendo por el barro hacia la casa de campo.
Un olor delicioso a comida salía de una ventana abierta.

Carlota encontró un pastel de manzana recién hecho, enfriándose en el alféizar de la ventana. Se sirvió un pedazo. Estaba tan rico que se comió el resto.

—¡Eh, esa era mi cena! —gritó uno de los hombres del carro. Su perro comenzó a ladrar a Carlota. Lo mejor era salir corriendo. Volvió corriendo hasta el marco del cuadro y saltó otra vez dentro del museo.

Carlota echó un vistazo a la puerta que conectaba
con la siguiente habitación. Había un guarda sentado
cerca de la puerta, pero estaba dormido.

Carlota fue hacia el cuadro que le gustaba más y leyó:
Madame Moitessier sentada, de *Jean-Auguste-Dominique Ingres.*
POR FAVOR NO TOCAR. Pero por supuesto lo tocó.

—Hola, soy Carlota —le dijo a una señora
sentada junto a un espejo.

—*Enchantée!* —respondió la señora—.
Soy Madame Moitessier.

—Qué vestido más bonito —dijo Carlota amablemente—. ¿Es usted francesa?

—*Mais oui!* —contestó Madame Moitessier—. Y estoy muy sola. Aquí sentada, la gente me mira, pero nadie había entrado nunca. ¿Te quedarás a tomar el té?

—Gracias —respondió Carlota.

—Tengo pasteles de nata. ¿Tomarás un terrón de azúcar o *deux*? —preguntó Madame Moitessier, señalando al azucarero.

—*Trois!* —dijo Carlota.

Hablaron y hablaron. Lo pasaron muy bien mirando la cara de sorpresa de los otros visitantes del museo.

—¡No me había reído tanto en años! —dijo Madame Moitessier. Estaba tan entusiasmada que tuvo que usar su abanico para calmarse un poco.

Pero Carlota se estaba riendo tanto que derramó su té (la cuarta taza) encima del vestido de Madame Moitessier.

—¡Oh, qué niña más torpe! — exclamó Madame Moitessier.

Carlota, que además había llenado la alfombra de barro, decidió que ya era hora de marcharse por donde había llegado. Cogió otro pastel de nata, se subió al marco y entró de nuevo en el museo.

Carlota dio una vuelta por otra habitación
y se dirigió al cuadro más grande.

*Pierre-Auguste Renoir - **Les Parapluies***, leyó.
Carlota sabía que eso era francés y quería decir
paraguas. Dentro del cuadro había una niña con un aro.
   "¿Querrá jugar conmigo?" se preguntó Carlota.
   POR FAVOR NO TOCAR, decía el letrero, pero una vez
más ella tocó.

—¿Quieres un pastel de nata? — le preguntó Carlota a la niña.

—*Merci* —respondió—. Si quieres puedes jugar con mi aro.

No pasó mucho rato antes de que las dos se pusieran a jugar animadamente, haciendo rodar el aro de un lado a otro. Toda la gente las miraba bajo sus paraguas.

¡Pero Carlota lanzó el aro demasiado fuerte y salió volando del cuadro! Fue dando tumbos por el suelo y desapareció metiéndose en otro cuadro. La niña empezó a llorar.

—¡Oh, oh! —dijo Carlota—. Tengo que encontrarlo.
Saltó fuera de la pintura de Renoir y corrió hacia el
otro cuadro.

Henri Rousseau, leyó, ***Tormenta tropical con
un tigre.*** POR FAVOR NO TOCAR.

Carlota no veía el aro por ninguna parte,
saltó por encima del marco y entró en el cuadro.

Carlota se encontró en la selva.
El viento soplaba y llovía mucho.
Le daba un poco de miedo el tigre,
pero éste aún tenía más miedo
de ella. Se fue corriendo entre
los árboles.

Carlota continuaba sin ver el aro, y
decidió explorar la selva en su busca.

Al cabo de un rato llegó a un lago
lleno de cocodrilos, que le mostraron
sus mandíbulas, pero Carlota se echó
a reír y subió a un bananero, allí no
la alcanzarían. Cogió un plátano
y se lo comió.

En aquel preciso momento Carlota vio el aro colgado de una rama. Al bajar la rama para cogerlo vio el camino de regreso al museo. Cogió el aro, saltó del árbol y se metió otra vez en la sala.

Carlota lanzó el aro al cuadro de Renoir.

—¡Aquí está! —le dijo a la niña del cuadro.

Ella se puso muy contenta. Se dijeron adiós con la
mano y Carlota se fue corriendo hacia la otra sala.

Exposición de Arte Moderno, leyó Carlota.
Todos los cuadros han sido prestados con permiso.
NO TOCAR.

Kasimir Malevich, **Suprematismo Dinámico**,
leyó. "Sería divertido meterme en ese triángulo tan
grande", pensó.

Sin pensarlo más y vigilando que nadie la viera,
se lanzó dentro del cuadro.

Cuando Carlota llegó al gran triángulo, trepó a la cima y se deslizó hasta el otro lado.

—¡Fantástico! —exclamó. Ésta era su pintura preferida.

Pero Carlota no pudo detenerse, y fue cayendo más y más dentro de la pintura. Era como caerse dentro de una gran boca.

—¡Socorro! —gritó. Ahora sí que estaba asustada. No quería que un trozo de arte moderno se la comiera.

Oyó una voz que le gritaba:

—¡Aguanta un poco más!

Era el guarda. Le echó una cuerda dentro del cuadro y
Carlota la agarró con todas sus fuerzas. El guarda la
arrastró hasta el marco.

—Esto te enseñará a hacerle caso a los letreros —le dijo.

—Lo siento —dijo Carlota, que estaba llena de trozos
de pintura—. Creo que no lo haré nunca más.

Después de limpiarse un poco (tardó un buen
rato, ya que los trozos de pintura eran muy
pegajosos), Carlota dio las gracias al guarda
y fue a reunirse con su abuela.

Su abuela estaba durmiendo en un cómodo sillón.

—Has tardado mucho en llegar —dijo su abuela cuando Carlota la despertó—. ¿Lo has pasado bien?

—Sí, gracias —dijo Carlota—. Me encanta ver cuadros.

Ya había dejado de llover, así que después de comprar postales de sus cuadros favoritos, se fueron a tomar una taza de té con pasteles de nata.

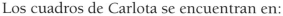

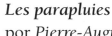

Los cuadros de Carlota se encuentran en:

El carro de heno
por *John Constable* (1776-1837)
en la National Gallery, Londres.

Madame Moitessier sentada
por *Jean-Auguste-Dominique Ingres*
(1780-1867)
en la National Gallery, Londres.

Les parapluies
por *Pierre-Auguste Renoir* (1841-1919)
en la National Gallery, Londres.

Tormenta tropical con un tigre
por *Henri Rousseau* (1844-1919)
en la National Gallery, Londres.

Suprematismo Dinámico
por *Kasimir Malevich* (1878-1937)
en la Tate Gallery, Londres.

Como pudo comprobar Carlota, las galerías de arte están llenas de cuadros maravillosos. Tendrías que ir a Londres para poder ver los cuadros de este libro, pero seguro que cerca de donde vives hay algún museo o galería con otros cuadros interesantes. Muchos de esos lugares tienen guías para niños.

Aunque en el cuento Carlota tocaba los cuadros, tú no debes hacerlo. Los cuadros son muy valiosos y pueden resultar dañados con facilidad.

No veas demasiados cuadros en una sola visita, escoge unos cuantos, como hizo Carlota, y mira los detalles, las formas y los colores.

Cada artista tiene una forma distinta de ver el mundo que le rodea. Si pintas un cuadro, seguro que no tiene nada que ver con el que pinte tu amigo. James Mayhew pintó los dibujos de Carlota y de sus aventuras, verás cómo esos cuadros son distintos de los cinco cuadros en los que se metió Carlota.

Cuando vayas a una galería de arte, mira muy atentamente los cuadros y verás cuántas cosas puedes encontrar en la forma de pintar de cada artista.

Sheep in a Jeep

Nancy Shaw

Sheep in a Jeep

Illustrated by Margot Apple

Houghton Mifflin Company Boston

Library of Congress Cataloging-in-Publication Data

Shaw, Nancy (Nancy E.)
    Sheep in a jeep.

    Summary: Records the misadventures of a group of
sheep that go riding in a jeep.
    [1. Stories in rhyme. 2. Sheep—Fiction]
I. Apple, Margot, Ill. II. Title.
PZ8.3.S5334Sh   1986   [E]   86-3101
ISBN 0-395-41105-X

Printed in Singapore

RNF ISBN 0-395-41105-X
PAP ISBN 0-395-47030-7

TWP   60 59 58 57 56 55 54 53 52 51

JEEP® is a registered trademark of Chrysler Corporation.

To Allison and Danny
—N.S.

To Sue Sherman
—M.A.

Beep! Beep!

Sheep in a jeep

on a hill that's

steep.

Uh-oh!

The jeep won't go.

Sheep leap

to push the jeep.

Sheep shove.

Sheep grunt.

Sheep don't think
to look up front.

15

Jeep goes splash!

Jeep goes thud!

Jeep goes deep
in gooey mud.

Sheep tug.

Sheep shrug.

Sheep yelp.

Sheep get help.

Jeep comes out.

Sheep shout.

Sheep cheer.

Oh, dear!

The driver sheep forgets

to steer.

Jeep in a heap.

Sheep weep.

Sheep sweep the heap.

Jeep for sale — cheap.